LA PERLE

DE

LA CANEBIÈRE

COMÉDIE EN UN ACTE, MÊLÉE DE CHANT

PAR

MM. MARC-MICHEL ET LABICHE

REPRÉSENTÉE POUR LA PREMIÈRE FOIS, A PARIS, SUR LE THÉÂTRE DU PALAIS-ROYAL, LE 10 FÉVRIER 1855.

PARIS

MICHEL LÉVY FRÈRES, LIBRAIRES-ÉDITEURS,

RUE VIVIENNE, 2 BIS.

1855.

DISTRIBUTION DE LA PIÈCE :

BEAUTENDON, ancien parfumeur . . . . .   MM. Grassot.
GODEFROID, son fils. . . . .   Brasseur.
ANTOINE, domestique. . . . .   Octave.
THÉRÉSON MARCASSE, riche Marseillaise
  (23 ans). . . . .   Mᵐᵉˢ Aline-Duval.
MADAME DE SAINTE-POULE . . . . .   Thierret.
MIETTE, jeune Marseillaise, bonne de Théréson   Désirée.
BLANCHE, fille de madame de Sainte-Poule .   Céluta.

La scène se passe à Paris.

—○≋⧫≋○—

Toutes les indications sont prises de la salle. Les personnages sont inscrits en tête des scènes dans l'ordre qu'ils occupent au théâtre, c'est-à-dire que le premier inscrit tient la gauche du spectateur, et ainsi de suite. — Les changements de position sont indiqués par des renvois au bas des pages.

LA PERLE DE LA CANEBIÈRE.

Un salon chez Beautendon. — Porte principale au fond. — Deux portes latérales de chaque côté. — Une petite table et un fauteuil à grand dossier au premier plan de droite. — A gauche, un fauteuil. — Au fond, appliques de buffets, chaises.

SCÈNE I.

ANTOINE, puis BEAUTENDON.

ANTOINE, un plumeau à la main, le nez en l'air, étouffant un éternuement.

A...a...atch !... non ! je n'ose pas... monsieur Beautendon, mon maître, m'a défendu d'éternuer dans son salon... il dit que ça fait gémir les convenances... moi, je trouve cet homme-là trop *véticuleux* dans ce qu'il est... C'est égal ! je l'aime... à cause de sa bonne odeur...

Air du *Premier prix.*

De mes sens il fait le bonheur,
Tant il exhale un fumet qui m'embaume !
D' son état d'ancien parfumeur
Il a gardé le doux arôme !
Oui, j'aim' monsieur et sa maison me plaît,
Je les renifle à m'en rendre malade...
J' crois être ici l' groom d'un œillet,
Et demeurer dans un pot de pommade !
J' crois habiter un pot de pommade.

(Aspirant avec délices.) Heum !... (Éternuant malgré lui.) Atchum !

BEAUTENDON, entrant par la gauche, premier plan.*
Antoine ! dans mon salon !

ANTOINE, confus.
Crédié !

BEAUTENDON.
C'est donc un parti pris... un sytème !

ANTOINE.
Monsieur, il fallait que ça parte !

BEAUTENDON, avec douceur.
Mon ami, je sais que la nature... et loin de moi la pensée de déverser le blâme sur cette bonne mère... je sais que la nature

---

a cru devoir nous affliger de certaines calamités dont gémissent les convenances...

ANTOINE, niaisement.

Oui, monsieur. (Le flairant, à part.) Dieu ! embaume-t-il !

BEAUTENDON, continuant.

Mais elle a permis qu'on en sentit les approches... et alors...

ANTOINE.

Quoi qu'on fait, monsieur ?

BEAUTENDON.

On prend la clef de sa chambre, on va s'y enfermer... on y paie son tribut, le plus silencieusement possible... après quoi, on rentre dans le sein de la société avec le calme sourire d'une conscience qui a fait son devoir !

ANTOINE.

Bien, monsieur... une autre fois je prendrai ma clef.

BEAUTENDON.

A la bonne heure.

ANTOINE.

Ah ! monsieur, voilà une lettre pour vous ? c'est six sous.

BEAUTENDON.

Quel est l'incivil qui n'affranchit pas ses lettres ? (L'ouvrant.) Après ça, il s'agit peut-être d'une forte commande... (Lisant.) « Monsou. » Qu'est-ce que c'est que ça ?

ANTOINE.

Mon sou ? c'est un mendiant !

BEAUTENDON, lisant.

« Monsou, sorti viou déis dangiers léis plus féroços... siou « escapa !... » (S'interrompant.) - « Escapa ! » Escarpin, il a voulu dire ! c'est quelque cordonnier espagnol... Je me la ferai traduire... (Il la met dans sa poche.) Savez-vous si mon fils est levé ?

ANTOINE.

Monsieur Godefroid ? je ne sais pas, monsieur... mais tout-à-l'heure, il ronflait comme un bœuf !

BEAUTENDON, scandalisé.

Juste ciel ! mon ami ! quelle comparaison !

ANTOINE.

Sans comparaison, monsieur ; après ça, il s'est peut-être levé depuis... voulez-vous que j'aille voir ?

BEAUTENDON.

Antoine, vous me désolez.

ANTOINE, redescendant.

Moi, monsieur ?

BEAUTENDON.

Que vous ai-je dit hier au soir ?

ANTOINE.

Vous m'avez dit d'aller acheter la *Patri*

* Antoine, Beautendon.

BEAUTENDON.

Il ne s'agit pas de ça ! je me suis efforcé, pour la dixième fois, de vous inculquer les premiers principes d'un service selon les convenances...

ANTOINE.

Ah oui ! (A part, le flairant de près.) Qu'il sent bon, mon Dieu !

BEAUTENDON.

Et d'abord, un serviteur convenable ne se tient pas ainsi dans la poche de son maître... il observe une distance respectueuse...

ANTOINE, reculant d'un pas.

Oui, monsieur Beautendon.

BEAUTENDON.

Il ne dit pas : « Oui, monsieur Beautendon. » Il dit : « Oui, « monsieur... » tout sec.

ANTOINE, riant niaisement.

L' fait est que vous êtes seccot...

BEAUTENDON, s'impatientant.

Sac à papier !... on ne dit pas à son maître vous êtes seccot ! on lui dit : monsieur est seccot ! on parle à la troisième personne.

ANTOINE, niaisement.

Faites excuse, monsieur... elle n'y est pas.

BEAUTENDON.

Qui ?

ANTOINE.

La troisième personne...

BEAUTENDON.

Mon Dieu ! quel âne !...

ANTOINE, souriant.

Ah ! monsieur, vous me manquez !... C'est égal, j'aime monsieur... (Il le reniffle de loin.)

BEAUTENDON.

Bien, mon ami !

ANTOINE.

Au point que je voudrais porter monsieur à ma boutonnière... comme une rose... (A part.) Tant il fleure bon !

BEAUTENDON.

Très bien ! c'est cela.

ANTOINE.

Monsieur... je vas aller voir si monsieur le fils à monsieur est levé.

BEAUTENDON.

Parfait ! vous voilà convenable... mais restez, j'ai besoin de

vous...· j'attends de Cambrai deux personnes, du sexe, qui me
font l'honneur de descendre chez moi.

ANTOINE.

Des dames ! où que nous allons loger tout ça ?

BEAUTENDON, montrant la porte de droite, premier plan.

Ici, dans le petit appartement bleu tendre... le seul dont je
puisse disposer... Allez le préparer... et mettez-y tous les soins
imaginables...

ANTOINE.

Soyez tranquille.

BEAUTENDON, le reprenant.

Que monsieur soit tranquille ! Ah ! vous ôterez la gravure de
Daphnis et Chloé et la placerez dans ma chambre... Ces personnages portent des costumes trop lestes pour des dames...

ANTOINE.

Ils n'en portent pas !

BEAUTENDON.

Précisément... une demoiselle ! Vous répandrez dans la chambre un flacon d'essence... moitié iris, moitié violette.

ANTOINE, entrant à droite.

Oui, monsieur.

BEAUTENDON.

Moitié iris, moitié violette !

ANTOINE, dans la chambre.

Bien, monsieur.

SCÈNE II.

BEAUTENDON, GODEFROID, entrant par la gauche, deuxième
plan.**

GODEFROID, qui a entendu les derniers mots.

De la violette !

BEAUTENDON.

Ah ! c'est mon fils.

GODEFROID.

Pour qui, p'pa ?

BEAUTENDON, le regardant fixement.

Eh bien ! Godefroid ?

GODEFROID.

Quoi, p'pa ?

BEAUTENDON.

Que dit-on le matin à l'auteur de ses jours ?

GODEFROID.

Ah ! oui !... Bonjour, p'pa.

* Beautendon, Antoine.
** Godefroid, Beautendon.

BEAUTENDON.

Bonjour, mon fils. (Il le baise au front.)

GODEFROID.

Vous attendez donc quelqu'un ?

BEAUTENDON, avec intention.

De Cambrai, Godefroid.

GODEFROID, effrayé.

Ah ! mon Dieu ! mademoiselle Blanche et sa grosse maman ?

BEAUTENDON.

Elles-mêmes... ta future et sa respectable mère, madame de Sainte-Poule... Elles arrivent à midi... demain les fiançailles et le contrat...

GODEFROID.

Comme ça !... tout de suite !

BEAUTENDON.

La corbeille est commandée... Tout est convenu, arrangé, et nous allons aller à l'embarcadère du Nord, au devant de ces dames... Tu donneras le bras à madame de Sainte-Poule.

GODEFROID, intimidé.

Oh non ! oh non !

BEAUTENDON.

Pourquoi donc ?

GODEFROID.

Papa... elle est trop puissante !

BEAUTENDON, sévèrement.

Godefroid, soyez franc !... ce n'est pas... la puissance de cette aimable dame... c'est encore votre déplorable timidité qui vous fait louvoyer en ce moment dans le sentier du devoir.

GODEFROID, balbutiant.

Papa, ce n'est pas ma faute.

BEAUTENDON, lui frappant sur l'épaule.

Allons donc, mon garçon ; sois homme, morbleu ! de l'aplomb, sac-à-papier !...* Je t'ai fait voyager tout seul, il y a trois mois, pour te donner, par le frottement du monde... cette noble hardiesse qui rend un jeune homme accompli... Il est vrai que je n'y ai pas fait mes frais.

GODEFROID.

Oh ! papa !

BEAUTENDON.

Non, mon fils ! comment t'es-tu conduit, notamment à Marseille, avec cette charmante petite veuve...

GODEFROID.

Oh ! la veuve Marcasse !...

* Beautendon, Godefroid.

BEAUTENDON.

Une correspondante de la maison veut Beautendon... qui t'avait offert une si gracieuse hospitalité... et dont tu as quitté la demeure, nuitamment, sans présenter tes hommages.

GODEFROID.

Papa, elle m'effarouchait.

BEAUTENDON.

Allons donc! pour colorer autant que possible une pareille incivilité... j'ai été obligé de lui écrire que tu étais parti pour lui cacher un amour... qui serait peut-être sorti des bornes!...

GODEFROID.

Moi! amoureux de madame Marcasse!.. ça n'est pas vrai!..

BEAUTENDON.

Je le sais bien! mais il fallait colorer.

GODEFROID.

Ah ben, oui!... une créature qui m'a sauté au cou à la première vue!

BEAUTENDON.

C'est un peu vif!...

GODEFROID.

Et qui me tutoyait avec son accent *marséyais!*... (Il prononce avec l'accent marseillais.) « Godefroid, tu n'as pas faim? Gode- « froid, tu n'as pas soif!...» C'était assommant, papa...

BEAUTENDON.

J'avoue qu'une telle familiarité... Je suis fâché d'avoir écrit à cette méridionale de descendre chez moi, quand elle viendrait à Paris...

GODEFROID, effrayé.

Vous avez écrit ça !!!

BEAUTENDON.

Une politesse sans conséquence... Heureusement elle ne viendra pas... sa fabrique de savon la retient à Marseille... (Regardant à sa montre.) Mais, mon Dieu! les dames de Sainte-Poule vont arriver... nous n'avons que juste le temps!... voyons si ta mise est convenable... Comment! une cravate verte!..

GODEFROID.

C'est ma neuve.

BEAUTENDON.

Impossible pour la circonstance... une cravate blanche, c'est de rigueur...

GODEFROID.

Mais, papa...

BEAUTENDON.

Dépêche-toi, et viens me rejoindre au chemin de fer.

Godefroid, Beautendon.

ENSEMBLE.

Air : *Suivez-moi.*

Il faut que je me hâte,
C'est l'heure du convoi :
Mets ta blanche cravate
Et là-bas rejoins-moi.

GODEFROY.

Oui, papa, je me hâte
D'obéir, mais pourquoi
D'une blanche cravate,
M'affubler malgré moi ?

(*Beautendon sort par le fond.*)

SCÈNE III.

GODEFROID, puis ANTOINE.

GODEFROID, seul, boudant.

Une cravate blanche ! j'en avais une les trois fois que papa m'a mené à Cambrai pour faire ma cour à ma future... Aussi, la première fois, je ne lui ai rien dit... la seconde fois...

ANTOINE, sortant de la droite, et tenant la gravure de Daphnis et Chloé, à lui-même.

Le fait est que ces costumes-là pour des dames...*

GODEFROID, sursautant.

Hein !...

ANTOINE.

Rien !... C'est moi qui va accrocher Daphnis dans la chambre à monsieur. (Il entre à gauche.)

GODEFROID, reprenant.

La seconde fois... je ne lui ai rien dit non plus !.. la troisième fois... nous étions seuls dans le salon... le jour tombait... j'étais ému... j'osai lui dire : Mademoiselle , quelle heure est-il ?
— Sept heures trois quarts ! fut sa réponse... Voilà les seuls mots que nous avons échangés... et pourtant je l'aime! mais l'amour est aux hommes , ce que le vinaigre est aux cornichons... il les confit.

ANTOINE, sortant de la gauche.

C'est accroché ! maintenant je vais m'occuper du déjeûner.

GODEFROID.

Ah! Antoine, ** nous attendons du monde... tâche de ne pas me mettre à table à côté d'une dame... ni d'une demoiselle.

ANTOINE.

Ah ça ! elle vous déplaît donc, cette demoiselle ?

* Antoine, Godefroid.
** Godefroid, Antoine.

1*

GODEFROID.

Au contraire !.. mais nous ne nous parlons pas... nous nous regardons...

ANTOINE.

Vous vous faites de l'œil ?

GODEFROID.

Je crois que oui !.. je la regarde quand elle ne me regarde pas... et elle de même ; c'est chacun notre tour. Tiens ! regarde-moi. (Antoine le regarde, Godefroid baisse les yeux.) Ne me regarde plus. (Antoine baisse les yeux , Godefroid le regarde tendrement.) N'est-ce pas que c'est gentil ?

ANTOINE.

Oui... quand on ne louche pas.

GODEFROID.

Tandis que l'autre, celle de la Canebière... veux-tu voir comme elle me regardait ?

ANTOINE.

Qui ça, la Canebière ?

GODEFROID.

Tiens ! voilà comme elle me regardait ! (Il met un poing sur la hanche et le regarde de trois quarts avec un sourire hardi en disant avec l'accent marseillais.) Godefroâ !... Godefroâ !... (Crispé.) Crrr... (Changeant de ton.) Oh ! déjà midi !... papa va me gronder... je vais mettre ma cravate blanche... (Il entre vivement dans sa chambre, deuxième plan de gauche.)

SCÈNE IV.

ANTOINE, puis THÉRÉSON MARCASSE et MIETTE.

ANTOINE, seul.

C'est égal ! je trouve que monsieur le fils à monsieur est un peu jobard dans ce qu'il est.

VOIX DE THÉRÉSON, en dehors de la porte du fond appelant avec un accent provençal très-prononcé.

Mietto !

VOIX DE MIETTE, plus éloignée ; même accent.

Plaît-y ?

ANTOINE, à part.

Qu'est-ce que c'est que ça ?

THÉRÉSON, ouvrant la porte et parlant à la cantonnade.

Allons ! arrive ! dépêche-toi.... que c'est ici ! (Elle entre.)

MIETTE, arrivant.

Un moment ! qu'on glisse dans ces escaliers... que j'ai manqué de me casser le cou.

(Elles sont toutes deux chargées de paniers, de boîtes, de petites caisses.)

ANTOINE, à part.

Ce sont les dames qu'on attend.

THÉRÉSON, l'apercevant.

Tè ! un domestique homme ! ·

MIETTE.

Bagasse ! bon genre !

THÉRÉSON, à Antoine.

Eh ! bonjour, mon bon ! comment que ça va ? tu ne me remets pas ?

ANTOINE.

Mais...

THÉRÉSON.

Ça ne m'étonne pas... tu ne m'as jamais vue...

MIETTE, riant à se tordre.

Hi ! hi ! hi !

THÉRÉSON.

Mais on a dû te parler souvent de moi... Théréson Marcasse !

ANTOINE.

Marcasse ?

THÉRÉSON.

La veuve Marcasse... la fabricante de savon... la correspondante depuis plus de septante ans de ce brave de Beautendon... de père en fils et de mère en fille !

ANTOINE, à part.

C'est une femme bien campée !

THÉRÉSON. ·

Comment qu'il va, ce brave Beautendon ? il va bien ?

ANTOINE.

Très-bien ! il est sorti.

THÉRÉSON.

Ne le dérange pas...

MIETTE, riant à se tordre.

Hi ! hi ! hi !

ANTOINE, à part, la regardant.

Elle est gaie ! c'est la demoiselle !

THÉRÉSON.

Et Godefroid, ce brave Godefroid... comment qu'il va ? i va bien ?

ANTOINE.

Parfaitement... il met une cravate blanche.

THÉRÉSON.

Ne le dérange pas... je veux lui faire la surprise...

ANTOINE.

La surprise ? mais on comptait sur vous !

· Miette, Antoine, Théréson.

THÉRÉSON.

Qu'est-ce que tu me dis-là ?

ANTOINE.

Et sur mademoiselle aussi... votre chambre est toute prête.

THÉRÉSON.

Eh bien ! ça ne m'étonne pas ! * Beautendon, il devait bien comprendre qu'au reçu de son amicale... où il me dit de descendre chez lui... où il me parle de Godefroid dans des termes... Ah ! mon bon, quelle lettre ! veux-tu que je t'en fasse lecture ?

ANTOINE, discrètement.

Oh ! madame...

THÉRÉSON.

Je ne te la ferai pas... c'est des affaires de famille !

ANTOINE.

Madame ne s'asseoit pas ?

THÉRÉSON.

C'est pas de refus... j'ai les jambes qui me rentrent... *Assetto-ti, Mietto.* (1)**

MIETTE.

Siou pas lasso. (2)

THÉRÉSON.

Assetto-ti. (3)

ANTOINE, à part.

Quel drôle de baragouin !

(Elles s'asseyent, Théréson à droite, Miette à gauche, tirent un bas de leur poche et se mettent à tricoter.)

THÉRÉSON, à Antoine.

Sais-tu qu'il y a loin depuis l'embarcadère.

ANTOINE.

Vous arrivez par le chemin de fer du Nord ?

THÉRÉSON.

Non, de Lyon.

ANTOINE.

Non, du Nord... Cambrai !

THÉRÉSON.

Quoi, Cambrai ?

ANTOINE.

C'est Nord.

THÉRÉSON.

Je ne dis pas que Cambrai c'est pas Nord... il me semble pourtant bien que nous avons pris celui de Lyon.

(1) Assieds-toi, Miette.
(2) Je ne suis pas lasse.
(3) Assieds-toi.

* Miette, Théréson, Antoine.
** Miette, Antoine, Théréson.

MIETTE.

Ça me semble...

ANTOINE.

C'est possible... par embranchement.

THÉRÉSON.

Après ça ne me parlez pas de vos chemins de fer... qu'on ne s'y reconnaît plus... ça va comme le mistral... on n'a le temps de rien... Ah ! quel voyage, jeune homme !... Dis-moi ton nom ?

ANTOINE.

Antoine !

THÉRÉSON, ET MIETTE, avec étonnement et se levant.

Té !!!

ANTOINE.

Quoi ?

THÉRÉSON.

Tu t'appelles Toine ?

ANTOINE.

Antoine !

THÉRÉSON.

J'ai mon maître portefaix qui s'appelle aussi Toine !

ANTOINE.

Ah !

MIETTE.

Mais le portefaix il est plus large de carrure... (Montrant avec ses deux mains.) Il a ça de large, je l'ai mesuré... tandis que vous, vous êtes mince comme un fifi !

ANTOINE, à part.

Fichtre ! pour une demoiselle timide ! elle toise les porte faix !...

THÉRÉSON.

Tu me croiras si tu veux, bon Toine...

ANTOINE, à part.

Bon Toine ?

THÉRÉSON.

Celui qui m'aurait dit le mois dernier : Tu seras dans trois semaines à Paris chez ce brave Beautendon... j'y aurais dit : Ah ! taisez-vous, que vous ne savez pas ce que vous dites ! Je te fais juge ! est-ce que je pouvais bouger... avec une fabrique de savon sur le dos...

ANTOINE.

Diable !

THÉRÉSON, s'attendrissant.

Surtout après l'accident cruel qui m'a rendue veuve à vingt-un ans et demi, en me privant de ce pauvre Marcasse !

* Antoine, Théréson, Miette.

ANTOINE.

Vous avez eu le malheur de le perdre?

THÉRÉSON.

De le perdre? on me l'a mangé, mon bon !

ANTOINE.

Mangé !...

THÉRÉSON.

Les Cafres, ces coquins de Cafres, ces abominables Cafres !

ANTOINE, sans comprendre.

Hein ?

MIETTE, à Théréson.

Anas maï parlar d'aco ? (1)

THÉRÉSON.

Laïsso-mi li countar aqueou cruel récit. (2)

MIETTE.

Per vous faïré de pégin. (3)

THÉRÉSON.

Noun ! mi soulageo lou couar ! (4)

ANTOINE, à part.

Quel drôle d'accent ont les dames de Cambrai !

THÉRÉSON.

Pour te revenir, bon Toine ! il était capitaine au long cours, un homme superbe ! je l'avais épousé d'inclination.

MIETTE, élevant ses mains.

Il avait ça de hauteur ! je l'ai mesuré !

ANTOINE, à part.

Elle mesure donc tout le monde ?

THÉRÉSON.

Huit jours après notre mariage, *peuchaire !* il me dit : Faut que je m'embarque... c'était un vendredi... Je me jette à ses pieds : Marcasse ne t'embarque pas un vendredi! fais-moi ce plaisir... il ne m'écouta pas... il était têtu !

MIETTE.

Coumo un aï ! (5)

THÉRÉSON.

N'en digues pas de maou que mi l'an mangia! (6)

ANTOINE, à part.

Mangia !

(1) Vous allez encore parler de cela ?
(2) Laisse-moi lui conter ce cruel récit!
(3) Pour vous faire du chagrin !
(4) Non ! ça me soulage le cœur.
(5) Comme un âne !
(6) N'en dis pas de mal! on me l'a mangé !

THÉRÉSON.

Pour le revenir, bon Toine !... il s'embarque un vendredi sur
la *Belle Théréson*... Son bâtiment, il portait mon nom...

ANTOINE.

Naturellement.

THÉRÉSON.

Il part... bonne brise... vent arrière... Est-Nord-Est... dix
nœuds à l'heure... qu'il aurait mouillé à Sumatra en moins de
deux mois si ça avait duré comme ça... mais je t'en fiche...

ANTOINE.

Ah !

MIETTE.

Pas plutôt passé le détroit voilà une tempête !...

THÉRÉSON.

Oh ! mais une tempête !... une de ces tempêtes !...

ANTOINE.

Enfin, une forte tempête !...

THÉRÉSON.

Air : *Femmes, voulez-vous éprouver.*

Battu par le flot inhumain,
Son navire fait avarie,
Et l'ouragan le jette enfin
Sur les côtes de Cafrerie...
Pauvre Marcassé, hélas ! c'est là
Qu'aux Cafr's il servit de pâture.

MIETTE.

Un homme si bon !

THÉRÉSON.

C'est pour ça
Qu'ils en ont fait leur nourriture.

On n'a plus retrouvé que son gilet de flanelle...

MIETTE.

Et qu'ils en avaient mangé une manche aussi !...

ANTOINE, cherchant à les consoler.

Que voulez-vous ?... chaque peuple a ses usages !

THÉRÉSON, se consolant tout à coup.

Té ! que faire à cela ?... nous sommes tous mortels !... Voilà
dix-huit mois que je le pleure... je crois qu'il doit être content.

ANTOINE.

Faudrait qu'il soit bien difficile...

THÉRÉSON.

Mais, bon Dieu !... que tu es bavard, bon Toine !

ANTOINE.

Moi !

THÉRÉSON.

Tu m'as parlé d'une chambre et en place de m'y mener, tu es là que tu causes... que tu causes !...

ANTOINE, à part.

Ah ! ben !... (Haut.) C'est par ici, si ces dames veulent passer.

THÉRÉSON, le contrefaisant.

Veulent passer... veulent passer... ce bon Toine !... je trouve que tu as de l'accent !

ANTOINE.

Moi ? (souriant.) moins qu'à Cambrai !

THÉRÉSON.

Qu'est-ce qu'il a toujours à parler de Cambrai !

ENSEMBLE.

Air : Sur le Pont d'Avignon.

THÉRÉSON ET MIETTE.

Allons ! montre-nous donc
Cette chambrette
Proprette.
Beautendon
Est si bon
Qu'il nous offre sa maison

ANTOINE.

Venez, suivez-moi donc
Dans cette chambrette
Proprette.
Le patron
Est si bon
Qu'il vous offre sa maison.

(Théréson et Miette entrent à droite, premier plan, suivies d'Antoine, qui porte leurs bagages.)

SCÈNE V.

GODEFROID, puis BEAUTENDON, MADAME DE SAINTE-POULE, BLANCHE.

GODEFROID en cravate blanche, sortant du deuxième plan de gauche.

J'ai essayé onze cravates blanches... j'ai peur d'être en retard. (Il va pour sortir, s'arrêtant intimidé.) Mais, mon Dieu !... qu'est-ce que je vais dire à ma future ?... Bah ! de l'aplomb !... sac à papier ! comme dit papa ! (Avec feu.) Je lui dirai : Mademoiselle !...

BEAUTENDON, au dehors.

Par ici, belles dames... nous y sommes...

GODEFROID, troublé.

Ah ! mon Dieu ! les voici !

BEAUTENDON, chargé des ombrelles, sacs de nuits et cartons de ces dames.

Daignez pénétrer dans mon modeste asile...

MADAME DE SAINTE-POULE.

Souffrez que nous vous débarrassions...

BEAUTENDON, vivement.

Jamais! jamais!...(Il dépose les bagages au fond, à gauche.)

MADAME DE SAINTE-POULE, voyant Godefroid, et avec ironie.

Ah! monsieur Godefroid?... nous craignions qu'il ne fut indisposé...

BEAUTENDON, revenant vivement.

Nullement. (A part.) C'est une pierre! (Haut.) Il vous a fait arranger une chambre... c'est un petit temple! (Appelant.) Antoine! Antoine!

ANTOINE, sortant de la chambre de droite, à part.

Tiens!... en voilà d'autres!

BEAUTENDON, aux dames, en montrant la chambre de droite.

Par ici, mesdames! (Elles remontent pour prendre leurs bagages.)

ANTOINE, bas vivement à Beautendon.

Pas par là... il y a du monde.

BEAUTENDON, bas.

Comment! qui ça?

ANTOINE, bas.

Une jeune veuve dont le mari a été mangé aux câpres.

BEAUTENDON.

Hein!

ANTOINE.

Une dame Marcasse!

BEAUTENDON, terrifié.

Ah! mon Dieu!

MADAME DE SAINTE-POULE.

Viens, ma fille... (Elles se dirigent vers la droite.)

BEAUTENDON, vivement.

Non... pas par là!

MADAME DE SAINTE-POULE, étonnée.

Où donc, alors?

BEAUTENDON, remonte à gauche.

Par ici! par ici!... (Il indique la gauche.)

MADAME DE SAINTE-POULE.

Mon Dieu! que d'embarras nous vous causons...

BEAUTENDON, avec le plus aimable sourire.

Jamais! ô jamais!...

Godefroid, Blanche, Beautendon, madame de Sainte-Poule.
Godefroid, Blanche, madame de Sainte-Poule, Beautendon, Antoine.
Godefroid, Beautendon, madame Sainte-Poule, Blanche, Antoine.

MADAME DE SAINTE-POULE, à Godefroid.

Nous allons voir votre petit temple.

(Les deux dames suivies d'Antoine qui prend les paquets entrent dans la chambre de Beautendon, à gauche, premier plan.)

SCÈNE VI.

GODEFROID, BEAUTENDON, puis ANTOINE. *

GODEFROID.

Qu'est-ce qu'il a donc papa? il les met dans sa chambre? mais papa, vous vous trompez...

BEAUTENDON.

Quel évènement! ta perle est ici!

GODEFROID.

Ma perle?

BEAUTENDON.

De la Canebière!

GODEFROID, effrayé.

Ah bah! où ça? où ça?

BEAUTENDON.

Là, dans la chambre bleu tendre... j'ai offert la mienne à ces dames... j'irai coucher à l'hôtel...

GODEFROID.

Moi aussi!

BEAUTENDON.

Par bonheur, mon appartement est à peu près convenable.

ANTOINE, revenant de la gauche. **

Monsieur... elle n'est pas faite!

BEAUTENDON

Qui ça?

ANTOINE.

Votre chambre... les bottes sont sur la commode.

BEAUTENDON.

Ciel!

ANTOINE.

Et la perruque sur la table de nuit...

BEAUTENDON.

La table de?... (Avec effroi.) Malheureux! tu n'avais donc rien ôté?

ANTOINE.

Non, monsieur... mais j'ai accroché Daphnis et Chloé dans l'alcôve... (Il sort à droite deuxième plan.)

* Beautendon, Godefroid.
** Antoine, Beautendon, Godefroid.

BEAUTENDON, désolé.

Va t-en donc, animal ! quel tissu d'inconvenances ! ah ! si je n'avais pas peur d'être malhonnête... je maudirais cette marseillaise !

GODEFROID.

Papa ! mettons-la à la porte !...

BEAUTENDON, indigné.

Une femme ! cosaque !

VOIX DE THÉRÉSON, dans la chambre.

Godefroid !... Godefroid !...

GODEFROID.

Là ! ça va commencer !

BEAUTENDON.

Mon ami, montrons-lui des visages souriants.

SCÈNE VII.

BEAUTENDON, GODEFROID, THÉRÉSON. *

(Théréson entre chargée de salaisons, saucissons, etc.)

THÉRÉSON.

Godefroid !... c'est lui !... que j'ai reconnu sa voix !... Brasse-moi, petit ! (Elle l'embrasse.)

GODEFROID, à part.

V'lan !... comme à Marseille !

BEAUTENDON, saluant, à part.

Elle est fulminante de fraîcheur ! (Haut.) Belle dame...

THÉRÉSON, se retournant.

Tè !... vous êtes le père !... brassez-moi, mon brave ! (Elle l'embrasse.)

BEAUTENDON, ahuri.

Hein ?

THÉRÉSON.

Qu'il y a si longtemps que je désirais faire votre connaissance !...

BEAUTENDON, jouant le plus vif contentement.

Et moi donc !... quelle bonne et heureuse idée vous avez eue de venir nous voir !

THÉRÉSON.

Vous êtes content ?

BEAUTENDON.

Au comble... au comble de la joie !...

THÉRÉSON.

Et toi, Godefroid ? Godefroid ! tu ne dis rien ?

GODEFROID.

Si... si !... Ça va bien ?

* Beautendon, Théréson, Godefroid.

THÉRÉSON.

Pauvre pichoun !... il me semble qu'il a grandi !... Mon brave Beautendon je vous prie d'accepter ces petits cadeaux que j'apporte de Marseille. (Elle le charge de paquets et de petits barils, ainsi que Godefroid.) Tenez, tenez ! tenez !...

BEAUTENDON.

Oh ! c'est trop ! c'est trop !

THÉRÉSON.

Air : *Ni ou, ni connu.*

Prenez sans façon
Ces barils de thon.

BEAUTENDON.

Ah ! que de reconnaissance !

THÉRÉSON.

Ces barils d' sardin's et ce saucisson
Fruit de notre bell' Provence. *

BEAUTENDON, *à Godefroid.*

Le saucisson est donc un fruit ?

GODEFROID.

J'en doute.

BEAUTENDON.

Si le saucisson est un fruit,
Ecoute :
Comment nomme-t-on l'arbre qui l' produit !

GODEFROID.

Un saucissonnier, sans doute.

THÉRÉSON, à Beautendon, lui donnant un autre baril qu'elle est allée
prendre à droite.

Prenez garde ! celui-ci c'est de l'huile d'Aix... **

BEAUTENDON, à part.

Pristi ! ça va me tâcher !

THÉRÉSON.

Godefroid !

GODEFROID, agacé.

Voilà !

THÉRÉSON.

Petit, je t'ai aussi apporté quelque chose, mais avant il faut que je cause avec ton brave père ! laisse-nous !

GODEFROID.

Avec plaisir ! (Fausse sortie.)

* Beautendon, Godefroid, Théréson.
** Beautendon, Théréson, Godefroid.

SCÈNE VIII.

GODEFROID, THÉRÉSON, BEAUTENDON, MADAME DE SAINTE-POULE.

(Madame de Sainte-Poule, tenant les bottes et la perruque en appelant.)

MADAME DE SAINTE-POULE, entrant.

Antoine ! Antoine !

GODEFROID.

La Sainte-Poule ?

BEAUTENDON.

Avec mes bottes !

GODEFROID.

Et la perruque !

THÉRÉSON, à part.

Qu'és aco ?

MADAME DE SAINTE-POULE, à Godefroid.

Voilà les ornements que j'ai trouvés dans votre petit temple.

BEAUTENDON.

Un oubli, belle dame, un oubli !.. Godefroid, débarrasse madame.

GODEFROID, chargé de barils.

Papa, je suis empêtré.

BEAUTENDON, de même.

Moi aussi !

THÉRÉSON, bas à Beautendon. **

Cette grosse... c'est la nourrice ?

MADAME DE SAINTE-POULE.

Comment ?

BEAUTENDON, qui a mis sur les bras de Godefroid les objets dont il était chargé.

Non ! non ! (Prenant le bout de la perruque que tient madame de Sainte-Poule, en croyant lui prendre la main, et la présentant.) Madame de Sainte-Poule, la meilleure amie de la famille ! — Madame Marcasse... la meilleure amie de la famille.

MADAME DE SAINTE-POULE, saluant, tenant toujours les bottes et la perruque.

Madame...

THÉRÉSON, à la Sainte-Poule, indiquant les bottes.

Vous faites le commerce ?...

MADAME DE SAINTE-POULE.

Hein ?

* Beautendon, madame de Sainte-Poule, Godefroid, Théréson.
** Madame de Sainte-Poule, Beautendon, Godefroid, Théréson.

BEAUTENDON, vivement.

Madame est rentière ! (Il débarrasse la Sainte-Poule.)

THÉRÉSON.

Rentière !... c'est donc ça que vous êtes grasse à lard !

MADAME DE SAINTE-POULE.

Grasse à lard !

BEAUTENDON, vivement, bas à madame Sainte-Poule.

Ne faites pas attention... une locution du midi !..

THÉRÉSON, à madame de Sainte-Poule.

Ma chère amie... je ne vous renvoie pas... mais je suis venue de Marseille pour causer avec Beautendon... Ainsi... adieu, bonne brise !

MADAME DE SAINTE-POULE, à part.

Bonne brise ! c'est un matelot que cette femme-là !...

BEAUTENDON, à Sainte-Poule

Ne faites pas attention... une locution du midi. Nous allons nous mettre à table... si votre charmante fille est prête... (A Godefroid, en le chargeant encore des bottes et de la perruque.) Porte ça à la cuisine et presse le déjeuner.

ENSEMBLE.

Air de : *Otez votre fille.*

THÉRÉSON.

J' suis d'avis
Qu'entre amis
La franchise
Est permise.
J' vous dis donc franchement :
Vous m' gênez, allez vous-en.

BEAUTENDON, MADAME DE SAINTE-POULE ET GODEFROID.

J' suis d'avis
Qu'entre amis
La franchise
Est permise ;
Mais on n' dit pas pourtant
Vous m' gênez, allez vous-en !

(*Madame de Sainte-Poule rentre dans sa chambre. — Godefroid va à la cuisine, deuxième plan de droite.*)

SCÈNE IX.

BEAUTENDON, THÉRÉSON.

THÉRÉSON.

Nous voilà seuls, mon bon !

BEAUTENDON, à part.

Qu'est-ce qu'elle me veut? (Elle prend le bras de Beautendon sous le sien et descend la scène.)

THÉRÉSON.

Beautendon, je suis de Marseille... et les gens de Marseille, ils s'expliquent toujours avec une grosse franchise.

BEAUTENDON.

C'est un des traits caractéristiques de cette estimable population.

THÉRÉSON.

Beautendon, j'ai percé vos projets... si vous m'avez fait quitter mes savons, mes bassines, mes cuites et tout... ce n'est pas uniquement pour venir voir l'éléphant de la Bastille.

BEAUTENDON.

D'autant qu'il n'existe plus.

THÉRÉSON.

Il est mort !... pauvre bête !... après ça, Marcasse aussi !... ce qui m'a fait partir, Beautendon, c'est votre amicale du mois dernier.

BEAUTENDON.

Combien je m'en félicite !

THÉRÉSON.

Vous m'y marquez de venir vous voir.... et que le petit il m'aime d'un amour insensé !

BEAUTENDON, embarrassé.

Oh! belle dame !

THÉRÉSON.

Ne dites pas non ! vous me l'avez écrit !

BEAUTENDON, à part.

Maudite lettre !

THÉRÉSON, se levant.

Beautendon, Marcasse il a été mangé...

BEAUTENDON.

Ah oui ! je connais l'anecdote...

THÉRÉSON.

Le petit, il m'aime... de mon côté, je le trouve joli... il me fait l'effet d'une petite caille grasse.

BEAUTENDON, à part, très-alarmé.

Où veut-elle en venir ?

THÉRÉSON.

Et, ma foi, si vous voulez, je ne serai pas cruelle... Eh bien ! allez !... faites-moi votre demande.

BEAUTENDON.

Ma demande ! (A part.) Sac-à-papier ! et la Sainte-Poule ?

THÉRÉSON.

Eh bien ! je vous attends.

BEAUTENDON, feignant la joie la plus vive.

Comment donc, belle dame... un tel honneur !... mais...

THÉRÉSON, l'interrompant.

Alors, touchez-là, papa Beautendon... et embrassez votre belle-fille.

BEAUTENDON, à part.

Que devenir ?

(Ils s'embrassent.)

SCÈNE X.

BEAUTENDON, THÉRÉSON, MADAME DE SAINTE-POULE, BLANCHE, puis GODEFROID et ANTOINE, puis MIETTE. [*]

MADAME DE SAINTE-POULE, entrant et les apercevant s'embrasser.

Oh ! pardon ! je vous dérange ?...

THÉRÉSON.

Non ! c'est fini !... (Elle remonte.) Vous pouvez rentrer à présent... nous sommes d'accord...

BEAUTENDON, à part.

Pourvu qu'elle se taise, mon Dieu !

THÉRÉSON, apercevant Blanche.

Té !... la jolie enfant... à qui ça ?

MADAME DE SAINTE-POULE.

Ça ! madame... c'est ma fille.

THÉRÉSON.

Une petite Poule...

MADAME DE SAINTE-POULE, choquée.

Hein ?

THÉRÉSON.

Il faut la marier.

MADAME DE SAINTE-POULE.

Mais je vous prie de croire que nous y songeons, madame.

THÉRÉSON, à Blanche.

Ah ! petite sournoise !... et qui épouse-t-elle ?

MADAME DE SAINTE-POULE.

Mais... elle épouse...

BEAUTENDON, à part.

Ah !... (Apercevant Godefroid et Antoine qui viennent de la cuisine et rapportent la table toute servie. — Criant pour interrompre la conversation.) Voilà le déjeuner ! A table !... à table !

[*] Blanche, madame de Saint-Poule, Beautendon, Théréson.
[**] Théréson, Blanche, madame de Sainte-Poule, Godefroid.

ENSEMBLE.

Air : *nouveau de M. Mangeant.*

Allons, à table !
Car, rien ne vaut
Convive aimable,
Repas bien chaud !

(On s'asscoit dans l'ordre suivant : *Beautendon, madame de Saintê-Poule, Blanche, Godefroid, Théréson.*)

THÉRÉSON, à Godefroid.

Godefroid !... ta flamme elle sera couronnée, mon bon !... mets-toi près de moi... à côte de ta future... c'est de rigueur...

BEAUTENDON, toussant très fort.

Hum ! hum !...

MADAME SAINTE-POULE, à Beautendon.

Ah ! vous lui avez fait part ?...

BEAUTENDON, bas.

Oui ; dans les savons ça se fait. (A part.) Je suis assis sur des charbons ! (Haut à Théréson.) Belle dame, vous offrirai-je un peu de cette omelette ?...

THÉRÉSON.

Tè !... de la cuisine au beurre ?

BEAUTENDON.

Oui, chère dame...

THÉRÉSON.

Pouah !... ils font des omelettes avec du beurre !... parlez-moi de la cuisine à l'huile.

BEAUTENDON.

L'huile... c'est pour la salade !... mais pour l'omelette ?...

THÉRÉSON.

L'huile c'est bon pour tout !... vous allez voir ! (Appelant). Mietto !

MIETTE, de la cuisine.

Vouéi ! (1). (Elle entre tenant un plat.)

BEAUTENDON, étonné.

D'où tombe-t-elle celle-là ?

THÉRÉSON.

C'est ma bonne... que j'y ai dit de nous faire un plat de mon pays. (A Miette.) *Et toun fricot ?* (2).

MIETTE.

Lou vaqui ? (3).

(1) Oui !
(2) Et ton fricot ?
(3) Le voici !

THÉRÉSON.

Metté-lou sus la taoulo , (1). (Miette pose le plat et gagne la gauche.)

BEAUTENDON.

C'est très-gentil à l'œil... comment appelez vous ça?

THÉRÉSON.

C'est de l'ayoli.

GODEFROID, à part.

Crrr!... je connais!

THÉRÉSON.

Ça se fabrique avec de l'ail et de l'huile qu'on pile! qu'on pile! qu'on pile!

MIETTE, en même temps que Théréson.

Qu'on pile!... qu'on pile!... qu'on pile!

BEAUTENDON.

Qu'on pile? qu'on pile?...

MADAME DE SAINTE-POULE ET BEAUTENDON.

De l'ail!!!

THÉRÉSON, tenant le plat.

C'est excellent pour le corps... (Offrant.) Goûtez-moi ça, mère Poule.

MADAME DE SAINTE-POULE.

Merci, je n'ai pas de cors!

THÉRÉSON, offrant à Blanche.

Un peu à la petite Poule...

BLANCHE.

Je n'ai plus faim...

THÉRÉSON.

Allons, Godefroid...

GODEFROID.

J'ai mal aux dents!

THÉRÉSON, tenant toujours le plat et se levant.

Mille diables! personne n'en veut donc!...

BEAUTENDON, vivement, à part.

Il serait inconvenant de ne pas goûter à son plat. (Tendant son assiette.) J'accepterai... beaucoup... encore...

THÉRÉSON.

Eh ben! n'est-ce pas que c'est bon?... *aco es bouen!*

BEAUTENDON, il y goûte et fait une affreuse grimace. (A part:)

C'est de la pommade à l'ail. (haut.) C'est délicieux! délicieux!

THÉRÉSON, lui remettant le reste.

Alors, finissez le plat!... Maintenant qu'est-ce qui va chanter?

(1) Mets-le sur la table.

MADAME DE SAINTE-POULE.

Comment ! chanter ?

THÉRÉSON.

C'est d'étiquette... on chante toujours à un repas de fiançailles... Attention Miette... tu me soutiendras au refrain !... c'est une chanson de notre belle Provence.

GODEFROID, à part.

Une chanson à l'ail !

MIETTE.

Zou !... anas-li ! (1)

CHANSON MARSEILLAISE.

THÉRÉSON, se levant.

Air : *nouveau de M. Mangeant.*

Leis fillos dé Marsio
An dé béous boutéous.

THÉRÉSON ET MIETTE.

Leis fillos dé Marsio,
An dé béous boutéous.

THÉRÉSON.

Li mettoun ni sarrio,
Ni brus dé gavéous.

THÉRÉSON ET MIETTE.

Li mettoun ni sarrio,
Ni brus dé gavéous.
Canebièro, bagasse !
Troun dé l'air ! troun dé l'air.
Ayoli, bouillabaisso !
Troun dé l'air ! troun dé l'air,
Troun dé l'air ! la casquette en l'air !

DEUXIÈME COUPLET.

THÉRÉSON.

Leis nervis dé Marsio,
Qué soun poulidets !

TOUTES DEUX.

Leis nervis dé Marsio,
Qué soun poulidets !

THÉRÉSON.

Lou capéou su l'oourio !
La cassio oou bec !

TOUTES DEUX.

Lou capéou su l'oourio,
La cassio oou bec !
Canebiéro, bagasso ! etc.

(1) Gai ! allez-y !

BEAUTENDON.

Ah! bravo! bravo! ravissant!...

THÉRÉSON, s'asseyant.

N'est-ce pas que c'est joli!...

MADAME DE SAINTE-POULE.

Adorable!

THÉRÉSON.

J'en sais beaucoup d'autres... mais je vous les garde pour le jour de ma noce...

MADAME DE SAINTE-POULE.

Ah! madame se marie?

BEAUTENDON, effrayé.

Hum!... (Criant.) Antoine, le café!!!

THÉRÉSON.

Je ne suis venue de Marseille que pour ça!...

BEAUTENDON, criant.

Le café!!!

THÉRÉSON.

J'épouse le petit Beautendon! (Tous se lèvent de table.)

MADAME DE SAINTE-POULE.

Qu'entends-je!...

BEAUTENDON ET GODEFROID.

Patatras!

MADAME DE SAINTE-POULE.

Rentrez, rentrez ma fille, rentrez!... (Blanche rentre à gauche.)

THÉRÉSON, à part, restant à table.

Qu'est-ce qui lui prend à cette Poule! (Se versant à boire.) A la tienne, Godefroid! (Elle boit.)

GODEFROID.

Merci! je n'ai pas soif. (Théréson se lève, Miette et Antoine emportent la table.)

SCÈNE XI.

BEAUTENDON GODEFROID, MADAME DE SAINTE-POULE, THÉRÉSON, puis MIETTE, puis ANTOINE.[*]

MADAME DE SAINTE-POULE, attirant vivement Beautendon à gauche et à demi-voix.

Que viens-je d'entendre, monsieur?...

BEAUTENDON, à part.

Comment me tirer de là?...

MADAME DE SAINTE-POULE.

Cette femme épouse?...

[*] Godefroid, madame de Sainte-Poule, Beautendon, Théréson.

BEAUTENDON, balbutiant à demi-voix.

Eh bien, oui... moi! c'est moi qui l'épouse!

MADAME DE SAINTE-POULE.

Vous!... elle a dit le petit...

BEAUTENDON.

Oui!... un terme d'amitié... dans les savons...

MADAME DE SAINTE-POULE.

Ah! c'est vous?... au fait... quand je suis entrée... (A Théréson.) Madame, permettez-moi de vous féliciter sur l'heureuse union...

GODEFROID, étonné.

Comment ?...

BEAUTENDON, appelant.

Antoine, le café!

THÉRÉSON.

Que voulez-vous ?... je l'épouse d'inclination... (A Godefroid.) Pas vrai, petit ?...

BEAUTENDON, vivement.

Oui... oui... petite! (Criant.) Le café!!!

ANTOINE, entrant du fond et apportant une corbeille de mariage sur un guéridon qu'il place au milieu.

Monsieur, v'là la corbeille de mariage qu'on vient d'apporter. (Il sort.)

THÉRÉSON ET MADAME DE SAINTE-POULE, courant à la corbeille.

Ah! voyons ?...

BEAUTENDON, à part.

Mille pots de jasmin! elles vont se l'arracher!

MADAME DE SAINTE-POULE.

Ah! que c'est joli!

THÉRÉSON.

Ah! que c'est brave!

MIETTE, qui s'est approchée.

Pouli! pouli! (1)

MADAME DE SAINTE-POULE.

Un cachemire! (Elle le tire à demi.)

THÉRÉSON, de même.

De la dentelle!

MADAME DE SAINTE-POULE, examinant la dentelle que tient Théréson.

C'est de l'Angleterre!

THÉRÉSON.

Ne touchez pas que vous allez l'abîmer!

MADAME DE SAINTE-POULE, à part.

Hein ?... est-ce que ça la regarde ? (Haut, à Beautendon.) Ah! monsieur Beautendon! c'est trop! c'est trop!

(1) Joli! joli!

* Godefroid, Beautendon, madame de Sainte-Poule, Théréson.

** Godefroid, Beautendon, madame Sainte-Poule, Miette, Théréson.

2

THÉRÉSON.

Té! qu'est-ce que ça vous fait, farceuse ?

MADAME DE SAINTE-POULE.

Farceuse!!!

BEAUTENDON, à madame de Sainte-Poule.

Ne faites pas attention!... c'est une locution du Midi.

MADAME DE SAINTE-POULE, après avoir soulevé le cachemire dans la corbeille.

Ah ! mais, c'est que c'est ravissant!... (Elle laisse retomber le cachemire.) Blanche!... ma fille!... mais viens donc voir ! (Elle disparaît à gauche.)

SCÈNE XII.

.BEAUTENDON, GODEFROID, THÉRÉSON, MIETTE. *

GODEFROID, bas.

Papa, ça va se gâter !

THÉRÉSON, prenant la corbeille à deux mains.

Ah! que c'est joli ! sois tranquille, mon Godefroid... moi aussi je t'ai apporté ton trousseau de mariage...

BEAUTENDON.

Où allez-vous ?

THÉRÉSON.

Laissez-moi... je veux vous faire la surprise ! A bientôt mon Godefroid!... Viens, Miette !... (Se retournant.) Qu'il est beau, mon Godefroid ! (Elles sortent à droite avec la corbeille.)

SCÈNE XIII.

BEAUTENDON, GODEFROID, ANTOINE, puis MADAME
DE SAINTE-POULE et BLANCHE. **

GODEFROID, stupéfait.

Elles l'emportent !... et les autres qui vont revenir!

BEAUTENDON, à son fils.

Il n'y a plus à marchander, il faut trouver un moyen de renvoyer cette femme !

GODEFROID, reculant et mettant son mouchoir sur son nez.

Ah ! pristi, papa...

BEAUTENDON.

Quoi ?

GODEFROID.

Vous sentez l'ail...

BEAUTENDON.

Hein ?

* Godefroid, Beautendon, Théréson, Miette.
** Beautendon, Godefroid.

GODE FROID.

Vous empoisonnez l'ail !

MADAME DE SAINTE-POULE, dans la coulisse.

Viens, mon enfant...

BEAUTENDON.

Ces dames !...

MADAME DE SAINTE-POULE, amenant Blanche.*

C'est ravissant, merveilleux... tu vas voir.

BLANCHE.

Où ça , maman ?

MADAME DE SAINTE-POULE, stupéfaite.

Eh bien !!!

BLANCHE.

Je ne vois rien !

MADAME DE SAINTE-POULE.

Plus de corbeille?... (Allant vers Beautendon.) Monsieur , expli-
quez-moi...

BEAUTENDON , se couvrant la bouche de son mouchoir, et s'éloi-
gnant d'elle.

Me m'approchez pas... (Il fait le tour de la scène suivi par madame de Sainte-Poule, et redescend à gauche.)

BLANCHE, allant à lui.

Qu'est devenue ?... **

BEAUTENDON, fuyant.

Ni vous non plus, mademoiselle...

MADAME DE SAINTE-POULE, piquée.

Que signifie, monsieur !... ce mouchoir?... est-ce que ma fille
ou moi ?...

BEAUTENDON.

Vous !... grand Dieu!...*** une rose et son bouton !... c'est
moi ! c'est l'affreuse pâtée de cette Canebière... que je voudrais voir... (A part.) Oh ! j'ai mon moyen ! (Il remonte.)

MADAME DE SAINTE-POULE.

Mais, cette corbeille qui était là ?...

BEAUTENDON, fuyant.

Tout de suite ! je reviens !... ne m'approchez pas ! ne m'approchez pas ! (Il sort par le fond.)

(Pendant le mouvement, les dames sont remontées, et Miette, repa-
raissant à la porte de droite, a remis la corbeille à Godefroid et
rentre aussitôt.)

GODEFROID, avec un cri de joie.

Ah ! la voilà ! (Il la pose sur le guéridon.)

* Blanche, madame de Sainte-Poule, Beautendon, Godefroid, deuxième plan.
** Blanche, Beautendon, madame de Sainte-Poule, Godefroid, deuxième plan.
*** Blanche, Godefroid, madame de Sainte-Poule, Beautendon.

LES DEUX DAMES, redescendant.

Enfin !

MADAME DE SAINTE-POULE.

Tu vas voir, mon enfant, des dentelles, un écrin, des cachemires !...

BLANCHE.

Ah ! monsieur Godefroid, vous avez fait des folies !

GODEFROID.

Ce n'est pas moi, c'est papa !

MADAME DE SAINTE-POULE, découvrant la corbeille.

C'est d'un galant ! on dirait que c'est brodé par la main des fées ! (Elle tire un pantalon d'homme.) Que vois-je ! un pantalon !

GODEFROID, tirant un autre pantalon.

Deux pantalons !!

BLANCHE.

Une pipe !!!

MADAME DE SAINTE-POULE.

Quelle horreur !

GODEFROID.

Qu'est-ce que c'est que ça ?... qui est-ce qui a mis ça ?

MADAME DE SAINTE-POULE.

Monsieur, c'est une mystification !...

BLANCHE.

Une insulte !

GODEFROID, suppliant.

Madame !... Mademoiselle !...

BLANCHE, lui rendant la pipe.

Je ne fume pas, monsieur !

MADAME DE SAINTE-POULE.

Mais ces objets qui étaient là, dans la corbeille !...

GODEFROID, ahuri.

Mais, je ne sais pas !... je ne sais pas !

ENSEMBLE.

MADAME DE SAINTE-POULE.

Air : Ah ! c'est une horreur !

Ah ! c'est odieux !
Otez ces objets de mes yeux !
Pipe, gilet et pantalon !...
Vertudieu ! pour qui nous prend-on ?

BLANCHE.

Ah ! c'est odieux !
Otez ces objets de mes yeux !

Blanche, Godefroid, madame de Sainte-Poule.

Pipe, gilet et pantalon ?...
Ici, pour qui donc me prend-on ?

GODEFROID.

Ah ! c'est odieux !
Otons ces objets de leurs yeux !
Pipe, gilet et pantalon !
C'est un tour de la Théréson.

MADAME DE SAINTE POULE.

Où sont passés ce cachemire ,
Ces dentelles que j'admirais ?

GODEFROID.

Mon Dieu ! je ne sais que vous dire !

MADAME DE SAINTE-POULE.

Et ces merveilleux bracelets ?

GODEFROID.

Peut-être au fond de la corbeille !

MADAME DE SAINTE-POULE.

Mais non, monsieur, je ne vois rien !
C'est une injure sans pareille !
On a tout pris , vous voyez bien !

REPRISE DE L'ENSEMBLE.

(Pendant la reprise, Godefroid porte au fond le guéridon
et la corbeille.)

SCÈNE XIV.

GODEFROID, MADAME DE SAINTE-POULE, BLANCHE , THÉRÉSON.

THÉRÉSON, entrant parée et se pavanant.

Eh ben ! comment que ça me va ?

MADAME DE SAINTE-POULE ET BLANCHE.

Ah ! mon Dieu !

GODEFROID, à part.

Elle est dedans !

THÉRÉSON, à Godefroid.

Et toi, petit... es-tu content de mon cadeau ?

MADAME DE SAINTE-POULE.

Mais, c'est le cachemire de la corbeille !...

THÉRÉSON. **

Et la robe, et les bracelets et le reste !

MADAME DE SAINTE-POULE et BLANCHE.

Oh ! c'est trop fort !

* Blanche, Godefroid, Théréson, madame de Sainte-Poule.
** Godefroid, Blanche, Théréson, madame de Sainte-Poule.

MADAME DE SAINTE-POULE.

Otez ça, madame, otez ça !

THÉRÉSON, lui donnant une tape sur la main.

A bas les pattes ! que vous allez tout faner !

GODEFROID, à part.

Elle tape !

MADAME DE SAINTE-POULE.

Je vous trouve bien hardie d'oser vous parer des objets of-
ferts à ma fille par son futur !

THÉRÉSON.

Qu'est-ce qu'elle chante, son futur ?

GODEFROID, à part.

Et papa qui me laisse seul... si je pouvais filer ! (Il remonte
un peu.)

THÉRÉSON.

Son futur !... Eh bien ! et moi !... j'épouserais le roi de Prusse?

MADAME DE SAINTE-POULE.

Puisque vous épousez M. Beautendon père !

THÉRÉSON.

Moi ? le vieux ?... Turlurette ! que je n'en veux pas !

MADAME DE SAINTE-POULE et BLANCHE.

Comment !

GODEFROID, à part.

Ça va éclater !... je file ! (Il disparaît à gauche, deuxième plan.)

SCÈNE XV.

LES MÊMES, moins GODEFROID.

MADAME DE SAINTE-POULE.

Mais, c'était convenu... il me l'a dit !

THÉRÉSON

C'est une craque ! j'épouse l'enfant !

MADAME DE SAINTE-POULE.

C'est impossible ! mais parlez donc, M. Godefroid !

THÉRÉSON.

Oui !... explique-toi , troun dé l'air ! (Elles se retournent toutes
les trois.)

MADAME DE SAINTE-POULE et THÉRÉSON.

Eh bien ! où est-il ?

BLANCHE.

Maman, il est parti!

MADAME DE SAINTE-POULE.

Parti !... mais on trompe quelqu'un ici !

* Godefroid, Blanche, Théréson, madame de Sainte-Poule.
** Blanche, Théréson, madame de Sainte-Poule.

THÉRÉSON.

Ça me fait de la peine de vous le dire , ma bonne... mais je crois que c'est vous !...

MADAME DE SAINTE-POULE.

Allons donc, madame, une rivale telle que vous !...

THÉRÉSON.

Telle que moi !

MADAME DE SAINTE-POULE.

Cela ne peut être sérieux !

THÉRÉSON , se montant.

Pas sérieux !... une femme de Marseille , que nous descendons des Grecs !

MADAME DE SAINTE-POULE.

Des Grecs !... des Grecs !... mais il aime ma fille !

THÉRÉSON.

Votre fille ! Ah ! que j'en ris !... Si vous aviez lu la lettre du papa !...

MADAME DE SAINTE-POULE et BLANCHE.

Quelle lettre ?

THÉRÉSON.

Son amicale du 30 de l'écoulé... où il me dépeint la flamme du petit...

MADAME DE SAINTE-POULE.

De monsieur Godefroid !

BLANCHE.

Ah ! maman, partons ! partons ! *

MADAME DE SAINTE-POULE.

Oh ! oui ! car je vois qu'on s'est joué de nous ! un pareil outrage ! madame, je retourne à Cambrai !**

THÉRÉSON.

Bon voyage ! et tenez-vous chaudement !

ENSEMBLE.

Air : *Semez dans votre causerie* (Otez votre fille.)

MADAME DE SAINTE-POULE.

Adieu, madame, l'on vous quitte !
Tous nos respects aux Beautendon !
Il faut devant votre mérite,
Humblement baisser pavillon.

THÉRÉSON.

Adieu, madame, adieu petite !
Quittez, quittez cette maison;
A Cambrai, retournez bien vite;
Ne penser plus aux Beautendon !

* Théréson, Blanche, madame de Sainte-Poule.
** Théréson, madame de Sainte-Poule, Blanche.

(*Madame de Sainte-Poule et Blanche rentrent dans leur chambre.*)

SCÈNE XVI.

THÉRÉSON, puis ANTOINE, puis BEAUTENDON, en marin.

THÉRÉSON.

Tè !... cette intrigante qui voulait me prendre mon Godefroid !... mais, je le tiens et je le garde !

ANTOINE, entrant du fond.

Madame ! madame !

THÉRÉSON.

Quoi ?

ANTOINE.

C'est un homme avec un chapeau en toile cirée... il dit qu'il ne vous connaît pas... que vous ne le connaissez pas... mais, qu'il a des choses très-mystérieuses à vous dire.

THÉRÉSON, émue.

Un chapeau en toile cirée !...

ANTOINE.

Le voici !

(Beautendon paraît en costume de marin, avec des favoris plein la figure, des anneaux aux oreilles. Il est manchot du bras droit ; sur son chapeau est écrit : *Belle-Théréson.*)

BEAUTENDON, à part.

J'ai l'amour propre de croire qu'on ne me reconnaîtra pas ! **

THÉRÉSON.

Un marin !

BEAUTENDON, montrant Antoine.

Chût ! balayez votre mousse !

THÉRÉSON.

Laisse-nous, bon Toine. (Antoine sort.)

SCÈNE XVII.

BEAUTENDON , THÉRÉSON. ***

BEAUTENDON, à part.

Allons, allons ! il s'agit de la renvoyer à sa Canebière, et vivement !... Cristi ! mon favori gauche qui se décolle ! (Il l'affermit.)

THÉRÉSON.

Nous sommes seuls.

* Théréson, Antoine.
** Théréson, Beautendon, Antoine, deuxième plan.
*** Théréson, Beautendon.

BEAUTENDON.

Madame... je viens de faire six cent soixante quinze mille kilomètres pour vous parler...

THÉRÉSON.

Six cent soixante quinze mille kilomètres ! (Lui offrant une chaise.) Assoyez-vous, mon brave.

BEAUTENDON.

Merci !... je ne suis pas las pour si peu !... vous voyez devant vous le seul et dernier débris de la *Belle-Théréson.*

THÉRÉSON.

Le navire de Marcasse ! (Regardant le chapeau de Beautendon). Ce chapeau... ce nom... ah ! mon Dieu ! mais, lui !... Marcasse ?... est-ce que ?...

BEAUTENDON, poussant un sanglot.

Heu ! heu !... ne m'interrogez pas !

THÉRÉSON.

Achève !

BEAUTENDON.

Mangia !

THÉRÉSON.

Ah !

BEAUTENDON.

Un vendredi encore !

THÉRÉSON.

Oh ! tais-toi ! tais-toi !... pauvre diable !... il était dans sa destinée de partir toujours un vendredi !... Au moins, a-t-il pensé à moi ?

BEAUTENDON.

Oh ! madame !... jusqu'à son dernier morceau !

THÉRÉSON, attendrie.

Bonne biche !

BEAUTENDON.

J'étais son matelot de confiance... il avait coutume de m'appeler son bras droit.

THÉRÉSON, regardant son bras manchot.

Ah ! ça m'étonne bien.

BEAUTENDON, comprenant.

Ah ! oui !... ce sont les Cafres... Vous voyez... ils m'ont un peu commencé... on était au dessert, dont je faisais les frais... lorsqu'une tribu ennemie les attaqua... alors, je profitai de la mêlée pour sauver... mon reste !

THÉRÉSON.

Et Marcasse...

BEAUTENDON.

Je vous apporte ses dernières volontés !...

5

THÉRÉSON.

Ses dernières volontés!... Ah! je jure sur ses cendres de
m'y conformer... Donne-moi le papier.

BEAUTENDON, à part.

Oh! saprelotte!... (haut.) Non... dans ce pays-là, le papier
manque... on écrit sur l'écorce des arbres et il est défendu de
les emporter...

THÉRÉSON.

Parle alors!

BEAUTENDON.

Strombolino!... m'a-t-il dit... c'est mon nom... retourne à
Marseille... va retrouver Théréson... ma bonne Théréson...

THÉRÉSON, émue.

Pauvre biche!

BEAUTENDON.

Et si elle conserve encore la mémoire de son Marcasse...

THÉRÉSON.

Ah! oui! que je la conserve !

BEAUTENDON, appuyant.

Défends-lui de se remarier... jamais !

THÉRÉSON.

Hein ?

BEAUTENDON.

Jamais !

THÉRÉSON, jetant un cri.

Ah! pécairé !... il a dit ça?

BEAUTENDON.

Textuellement... mais en d'autres termes.

THÉRÉSON.

Ah ! que ça me chiffonne !... Bobino, tu ne peux pas savoir
comme ça me chiffonne !

BEAUTENDON.

Allons! du courage !

THÉRÉSON.

C'est pas pour moi.... c'est pour mon Godefroid... ça va lui
porter le coup de la mort !

BEAUTENDON, incrédule.

Oh ! oh !...

THÉRÉSON.

Ne dis pas : Oh !... Que tu ne le connais pas !

BEAUTENDON.

Songez que vous venez de jurer sur les cendres de votre
noble époux !

THÉRÉSON.

Ah ! que je suis donc fâchée que les Cafres ils ne t'aient pas
pas mangé aussi !

BEAUTENDON.

Moi ?

THÉRÉSON.

Au moins je ne connaîtrais pas ses dernières volontés... et je pourrais les respecter... en épousant mon Godefroid ! Imbéciles de Cafres !

BEAUTENDON.

Vous êtes bien bonne !

THÉRÉSON.

Comment faire maintenant que j'ai la corbeille, que je suis dedans ?... Les Beautendon, ils comptent sur moi...

BEAUTENDON.

En leur écrivant...

THÉRÉSON.

C'est égal... ça me chiffonne !... enfin, il le faut !

BEAUTENDON à part.

J'ai réussi !... (Haut.) Vite ! du papier... une plume !

SCÈNE XVIII.

BEAUTENDON, THÉRÉSON, GODEFROID.

(Godefroid paraît en costume de mousse, avec de la barbe plein la figure et de grandes boucles d'oreilles. Il est manchot du bras gauche. Sur son chapeau est écrit : BELLE-THÉRÉSON.)

GODEFROID, à la cantonnade.

Il faut que je lui parle ! babord ! tribord ! sabord !

THÉRÉSON.

Encore un matelot !

BEAUTENDON, étonné, à part.

Tiens ! d'où sort-il celui-là ? (En voyant le deuxième marin, il s'assied vivement dans un grand fauteuil à droite, dont le dossier le cache entièrement.)

GODEFROID, à part.

Je viens d'avaler douze verres d'anisette ! de l'aplomb, sac à papier !... (Haut.) Madame Marcasse, si bon vous semble ?

THÉRÉSON.

C'est moi !

GODEFROID.

Vous voyez devant vous le seul et dernier débris de la Belle-Théréson.

BEAUTENDON, à part, effrayé.

Bigre !

THÉRÉSON, à part.

Ça fait deux !

GODEFROID, à part.

Elle ne me reconnaît pas ! (Haut.) Babord ! tribord ! sabord !

* Godefroid, Théréson, Beautendon.

BEAUTENDON, à part.

Oh ! mais c'est un vrai, celui-là !

THÉRÉSON.

Té !... il a aussi un bras de moins !

GODEFROID.

Ce sont les Cafres... ils m'ont entamé !

THÉRÉSON.

Il paraît qu'ils aiment l'aile !

GODEFROID.

Je vous apporte les dernières volontés du capitaine.

THÉRÉSON.

Ah ! je les connais, mon bon !

GODEFROID.

Il vous ordonne de vous remarier ?

THÉRÉSON.

Hein !

BEAUTENDON, à part.

Saprédié !

GODEFROID.

D'épouser sur-le-champ votre maître portefaix...

THÉRÉSON.

Mon maître portefaix !... Il a une femme et six enfants !

GODEFROID, à part.

Aïe !

THÉRÉSON, à part, avec soupçon.

C'est bien drôle ça !... l'un me dit blanc, l'autre me dit noir !.. (Haut.) Ah ! ça, vous devez vous connaître tous les deux, puisque vous avez navigué ensemble !.. (Elle prend par le dossier le fauteuil dans lequel est Beautendon, et le tourne vers Godefroid.)

GODEFROID, à part.

Comment ? Il y en a un autre !

THÉRÉSON,

Et vous ne vous causez pas !.. causez-vous !

BEAUTENDON, très-embarrassé, se levant.

Voilà !... Voilà !.. (A Godefroid.) Bonjour, camarade !

GODEFROID, balbutiant.

Oui... oui... camarade !

BEAUTENDON.

Babord !

GODEFROID.

Tribord !

BEAUTENDON.

Sabord ! (A part.) Je suis dans mes petits souliers !

* Godefroid, Beautendon, Théréson.

THÉRÉSON, à part.

Ces deux matelots... ils me font l'effet de deux farceurs...

GODEFROID et BEAUTENDON.

Adieu, madame...

THÉRÉSON, à Godefroid et à Beautendon qui cherchent à s'esquiver.

Un instant !... où sont vos papiers ?

GODEFROID, embarrassé.

Mes papiers ?

BEAUTENDON, à part.

Je n'ai que la lettre de mon cordonnier espagnol. (A Théréson.) Savez-vous l'espagnol ?

THÉRÉSON.

Non !

BEAUTENDON, à part.

Très-bien !.. (Lui tendant la lettre.) Alors, lisez !

THÉRÉSON, jetant les yeux sur la lettre, et avec un grand cri et la plus vive émotion.

Ah ! mon Dieu ! ah ! mon Dieu !.. (Criant.) Mietto ! Mietto !... (Miette entre.) *

MIETTE

Quoi ?

THÉRÉSON.

Soutenez-moi !... Une lettre de Marcasse !... en patois !

MIETTE.

De Marcasse !

THÉRÉSON.

Es pas mangia !... ès viou ! (1)

MIETTE.

Va pouédi pas crèiré ! (2)

THÉRÉSON.

Quand ti va diou ! coouvasso ! (3).

MIETTE.

Ah ! troun dé l'air ! paouré Marcasse ! (4)

THÉRÉSON.

Paouré Bibi !

TOUTES DEUX.

Bouèns Cafrés ! bravés Cafrés ! l'an pas mangia ! pas mangia ! pas mangia ! (5)

---

(1) Il n'est pas mangé ! il vit !
(2) Je ne puis le croire !
(3) Quand je te le dis, grosse bête !
(4) Ah ! pauvre Marcasse !
(5) Bons Cafres ! braves Cafres ! ils ne l'ont pas mangé ! pas mangé ! pas mangé !

* Godefroid, Théréson, Miette, Beautendon.

BEAUTENDON et GODEFROID.

Pas mangia !

THÉRÉSON.

Il vit ! il m'attend à Marseille !

GODEFROID.

Est-il possible ?

BEAUTENDON.

Vous n'êtes pas veuve ! (A part.) Nous sommes sauvés !

(Beautendon et Godefroid courent chacun à la porte du fond en s'appelant réciproquement.)

GODEFROID, appelant.

Papa ! papa !...

BEAUTENDON, appelant.

Godefroid ! Godefroid !

GODEFROID, reconnaissant son père, qui a retiré sa barbe.

Comment ! vous.

BEAUTENDON, même jeu.

Mon fils !

THÉRÉSON.

Ah ! bah ! c'est vous que vous voilà !...

SCÈNE XIX.

Les Mêmes, MADAME DE SAINTE-POULE, BLANCHE.

MADAME DE SAINTE-POULE, entrant suivie de sa fille. A Théréson.

Madame, nous vous cédons la place... recevez nos suprêmes adieux !

GODEFROID.

Non !

BEAUTENDON.

Ne partez pas, belle dame !

MADEMOISELLE DE SAINTE-POULE.

Que nous veulent ces hommes de mer ?

BEAUTENDON ET GODEFROID.

Mais c'est nous ! c'est nous !

THÉRÉSON.

C'est Godefroid !... vous pouvez le reprendre maintenant que j'ai retrouvé mon mari !

MADAME DE SAINTE-POULE.

Son mari !

* Godefroid, Beautendon, Théréson, Miette.
** Blanche, madame de Sainte-Poule, Godefroid, Beautendon, Théréson, Miette.
*** Blanche, Godefroid, madame de Sainte-Poule, Théréson, Beautendon, Miette.

BLANCHE.

Maman ! je n'en veux pas ! il a un bras de moins !

BEAUTENDON.

Ça repoussera, mademoiselle. (A Godefroid.) Tire-le ! tire-le !

MADAME DE SAINTE-POULE, à Beautendon.

Mais vous aussi, monsieur... Que signifie ce carnaval ?

THÉRÉSON.

Oui... pourquoi que vous vous êtes masqués ?

BEAUTENDON.

C'est très-simple...

GODEFROID.

Parlez, papa !

BEAUTENDON.

Présumant le retour de ce bon monsieur Marcasse... nous avons craint de vous porter un coup...

GODEFROID.

Parce que la joie...

BEAUTENDON.

Oui, il a raison... la joie... la joie fait peur... alors nous nous sommes habillés en matelots !

GODEFROIB.

Et voilà !...

THÉRÉSON.

A la bonne heure !... Je ne comprends pas ! (A Godefroid.) Eh bien ! petit...** tu me croiras si tu veux... je ne te regrette pas ! je te trouve laid en matelot !

GODEFROID.

Comment !

THÉRÉSON.

Marcasse , il est plus bel homme !

MIETTE, élevant la main.

Il a ça de hauteur !

THÉRÉSON.

Si les Cafres ne lui ont rien mangé, pécairé !

THÉRÉSON.

Air de MANGEANT.

Loin de votre rivage,
Je pars sans chagrin.

TOUS.

Loin de notre rivage,
Partez sans chagrin.

* Blanche, madame de Sainte-Poule, Godefroid, Beautendon, Miette,

** Blanche, Godefroid, madame de Sainte-Poule, Théréson, [Beautendon, Miette.

THÉRÉSON.

Pour charmer mon voyage,
Chantez mon refrain.

TOUS.

Pour charmer son voyage,
Chantons son refrain.
Canebiéro, bagasso!
Troun dé l'air!
Ayoli, bouillabaisso!
Troun dé l'air!
La casquette en l'air!

THÉRÉSON, *au public.*

Air : *Pourquoi las de vivre tranquille.* (Voyage autour de ma femme.)

Puis qu'on n'a pas mangé Marcasse,
Faut que j'aille le retrouver;
Mes bouens pichouns, ça me tracasse,
J'aurais voulu vous cultiver.
Té! vous savez où je réside,
Venez me voir à ma bastide,
Pour ne pas faire de jaloux,
Je promets de vous brasser tous.
Pichouns, je vous brasserai tous.

ENSEMBLE. — REPRISE.

Canebière, bagasso!
Troun dé l'air!.. etc.

FIN.

Clermont (Oise). — Imp. A. DAIX, rue de Condé, 58.

www.ingramcontent.com/pod-product-compliance
Lightning Source LLC
Chambersburg PA
CBHW071254210626
46818CB00013B/1448